ときが風に乗って

川越文子

思潮社

ときが風に乗って

川越文子

目次

装幀＝思潮社装幀室

I

冬の朝

夢をみた
冬の朝めずらしく二度寝のときだ
私は娘さんの家へ遊びにいっていた
その家は父親が自宅で仕事をしており
仕事は机上でカードを合わせるという
地味な内職のようなものだがそれでもそれを手伝いに
別の男もきていた
人品卑しからざる人で
手伝いながら静かに家族を見ていた

家族はほかに高校生らしい弟がひとり
ときどき二階から下りてくるがまたすぐ上がってしまう
三人きり
母親がいない家
冬の長い陽射しは部屋の奥にも充分届き
娘さんもこっちを見て笑いかけ
私がきたことを喜んでくれているようなのだが
私は誰とも話をしない
娘さんが父親を手伝いだしたので
私も、と手を伸ばしたところで
目が覚めた

庭に
紅葉《もみじ》

名残惜しげにまだ数枚の朱
訪ねていった私が誰だったのか、即わかった
母親がいない家族を訪ねた中年の私は
亡くなった母親になった私だ
四十年余という歳月が、そうした

庭に出て
空を仰いだ
――それなら、あの手伝いにきていた男は?
　誰?

冬の白い光のなか
ふっと
浮かんできた貌があった

サルトリイバラ

そのときわたしは
サルトリイバラを捜していた
柏餅をつくってもらうのだ
いま母さんが小豆を煮ている
雉に出会った
トトトッと動くものがあり
目がそちらにいった
雉の隠れ
長い尾羽を発見

飛び立った瞬間《とき》の、赤、で
雉だと知った

雉を見たのは
あのときだけだ
あのとき雉は
五月の翡翠色の地上から
おのれの棲み家へと飛び立って
それっきり
二度とわたしの前に現れることはなかった

母さんに柏餅をつくってもらった五月も
それっきりだった

思い出の家

山の家と呼ばれていた
大人の足なら丘のような山だが
確かにぐるりは木々ばかりで
てっぺんに二軒きり　うち一軒が我が家だった
戦後呉から帰ってきた父が買った新築の家だ
少女時代　わたしはその家で育った
県道からそれて田んぼのなかを行くと遠田地区に入る
その集落の東端に切り通しがあって
そこから三分　急な坂道

シャシャキの香りが山道に満ちて春を告げると
どこからかウグイスも挨拶
母さんはシュンランを見つけて喜び
わたしはヤブレガサの群生の前でしゃがみこみ
よく夢みていた　知らない国の知らない人たちのことを

ツツジ色、ヤマツツジが目立ってくると
その色を追って山の中を
タヌキのようにもたもた行き来したものだ
移動するわたしの頭のうえ
揺れて話しかけてきたウツギやネジキの白い花

夏は蟬時雨
マツ　クヌギ　コナラ

木陰の風の通り道で写生に励んだ
好きな場があった　むき出しの根がちょうど心地良い椅子
だれかの膝のようだったので
毎夏そこで数日過ごした

やがてリンドウの紫色が顔をだすと
サルトリイバラ　コバノガマズミ　カマツカ
と　赤い実があちこちに
ワラビ　ヘクソカズラは足もとを黄色くし
見あげる秋の空にもコナラが黄金色に光って

冬は、どの木も武骨な手に似た木肌を見せた
どこまでも伸びると宣言しているかのような梢
幹の曲がり
北風にも折れず　冷たい雪も黙って乗せ……

あの、年頃
坂を登り降りのたび
言うに言われぬ声をかけてくれた山のみんな
――　感謝している
わたしは
あの家で眠り　あの山のみんなに育てられた

迷路

中学生のとき毎日日記をつけていた
滾《たぎ》る思いをどこかにぶちまけたくて書いていたのだろう
一日も欠かさず書いているわぁ
と　他人事《ひとごと》のようにぱらぱら捲って少しあきれて
結婚まえ家を出るときに焼いた
手紙、写真、歌声のテープ……
律義に全部庭で焼いた

日記だけは　残しておけばよかったのに

十三、十四、十五歳　反抗期真っ只中の頃のわたし
子どもではないけれど
大人の分別も嫌いで
日常が迷路のようだった毎日の記述、を

ほら、続きがある、と言って
十五歳のあの子がやって来るじゃないか
木橋を渡り
草のそよぎをかき分けて
まだ
迷路を抜けきっていない顔をして

あの猫

帰宅すると
いつもどこかから現れた
屋敷の裏からだったり山裾の田からだったり
現れても
襟巻き代わりに首に巻かれたりカンブクロを頭から被せられたりと
いじめられるだけだったのに
一時期は
無理矢理蒲団に引っ張り込まれ
足蹴にされながら堪えていた

白いボディに頭部だけ黒という美しい身体に
無いのがあたりまえの眉を茶色で描かれたり
迷惑なだけの赤い鈴を首に提げられたり
自分の寂しさを紛らわせるために
せめて猫とでもいっしょにいたいらしい主人は
美味しい炒り子をエンドレスにくれるときがあるかと思えば
野山へ狩猟に出なきゃならないノラネコの日がつづいたり

なのに
わたしが寂しさでやけっぱちになりそうだった
あの時期
父とふたりだけの家にいつもいてくれた
あの猫

凍て付く季節真っ暗な家に帰り
手探りで鍵をあけるわたしの足もとに
必ずどこかから現れて
鍵があくのをいじらしくじっと見守ってくれていた
小さな頭の、白い
あの
猫

薔薇

朝つぼみだった薔薇が
昼過ぎ美しく咲きかけていた

昨日目を見張った隣家の薔薇は
きょう盛りを過ぎた薔薇になっている

どんなに美しいときを持てても
そこにとどまることは出来ないのだと
花たちは教える
美しく咲ききって

女たち

テニス部だった友人が
全力投球の試合に負けて泣きたかったのに
自分たちより先に勝った方がワアワア泣き出したので泣けなかったと
高校生のとき

日がな一日泣きやまない赤ん坊に
こっちまで泣きたくなるけれど
泣いていたら掃除も洗濯も何も片づかないから泣けないと
育児真っ最中の母親が

失恋しても
泣けない
妙にシンとしてしまう
大恥をかいても
泣けない
泣いているつもりが笑っている
永遠の別れの場に立たされてみると尚更
泣くのは芝居がかっていそうで　ふんばって
そんな　女たちだから
誰かのさりげないひと声や
雨や風が奏でる音楽にこころ撫でられると
思いがけない涙を溢してしまう
誰も　泣いていないときにでも

寒そうな薔薇

玄関のわき
白い壁の前の赤い薔薇
三十年余も咲きつづけている
最初は仲間もいた
白と黄色と赤の三本
白はすぐ枯れた
黄色と赤は励ましあって咲いていたが
やがて
赤だけになった

壁が苔色だった時期
その色に赤は似合わないといやがられたが
黙って咲いていた
アブラムシの大量発生で裸になったとき
みっともない姿だったが
それでも健気に咲いていた
めったに雪のない地なので
何の囲いもないまま全身に雪
震えながらのその年も
春になると葉を出し
枝を伸ばした
枝は葉も幹もやわらかいのに棘が硬かった
棘で守っているとばかりに
突先に赤い花びら

――春の薔薇は若者の薔薇
花びらふっくり色もあざやか
秋の薔薇は熟年の薔薇
きりっとしまった花びら華やかな赤、だって！

今年　もう霜月
まだ咲いている
寒そうな薔薇

風が視えた

五月
若葉の坂道
つい先日まで寒そうだった枝先に
黄緑　緑　若緑の季節
その下を行く
若者たち

斜め上二階屋の窓辺に立つわたしには
君たちを後押しする風が視える

君たちのあいだをぬって
先達する風も視えた

肩に風の手を感じたら
背筋を伸ばして

耳が風の声を聴きとったら
微笑み返して

上り坂道を行く
若者たち

海べりのさくら

海べりのさくらを見たことがあります
海面に落ちた花びらは沖へ沖へ行き
沖で
波になってしまうのです
その白い小さな波の群は帯の形のまま
もっと遠くへと流れていってしまいます
——また来るからーっ
と
揺れながら

Ⅱ

旅人

ひとりで歩く旅と決めた
頑丈な靴に丁度いい重さのリュック
背負《しょ》い直して未知の地に出る
この道の情報は何も手にしていないが
何怯《ひる》むことがある
雨降れば雨具を着
風強ければ身を伏せ
日照りきつければしばしば木陰で休むだけ

山道で鳥たちと挨拶を交わし
田舎道で野の花に語りかけ
海辺ではホルンフェルスの絶壁を
仰ぎ見てみよう

所詮旅は
出会いと別れの
繰り返し

今、まさに我
新しき一歩を踏み出さんと右足を上げる
前を
見る！

山の秋

県北で
一輌きりの電車に乗った
入り口から出口が見える小さなトンネルを
何度もくぐった
車輌の肩が壁にあたるのではないかと
つい自分の肩をすぼめてしまうほどの
古い小さなトンネル
削岩工たちの
労苦が見えるような壁

秋だったので
黄色や緋色《ひいろ》に色づいた周囲の葉が
いつもパレードの紙吹雪のように舞いあがって
トンネルの出口を飾った
何だかお互いを
讃えあっているようだった

木次線から

初冬
山陰本線宍道駅から木次線に乗った
川沿いの坂道や山裾の小笹を払うようにして走る電車
亀嵩駅では懐かしい気がした
本のなかで訪ねただけの駅なのに

電車は出雲横田駅を出ると本格的な山越えだ
登り勾配がつづく
やがて出雲坂根駅に着き即
全国でも屈指の美しさという三段スイッチバック式の登り

行きつ、戻りつ
鉄道ジオラマのように浮世ばなれして見える駅を見おろす
――人生もこんなふうだった、急な坂道で見てきたものは

終点備後落合は乗り換えの駅だというのに
人の気配がしない
山に囲まれたちいさな空と
深い緑だけの無人駅
ここまでの乗客は　誰もはしゃぐことなく
向かいの線路で待つ芸備線新見行きに乗り換える

乗り換えなければ
次に進めない

＊『砂の器』

盛綱

二月、群馬県安中市磯部の松岸寺《しょうがんじ》を訪ねた
佐々木三郎盛綱の墓を見たかったからだ
彼は頼朝に、頼朝蛭ヶ小島配所暮らしの頃から仕え
平家打倒の戦では私が住む街、備中倉敷藤戸《ふじと》の合戦にて
先陣の功をたて平行盛軍を打ち払った
謡曲「藤戸」はこの合戦のこと
どうしても手にしたかった誉れの為に盛綱は
浅瀬を教えてくれた恩人の漁師を斬った
理不尽に息子を亡くした母の嘆きは深く、ササと聞けば笹まで憎しと、

小山の笹をむしり取ってしまった母親の伝説「笹無山《ささなしやま》」
ここで、風の声を聞いたとき
私は盛綱最期の地を知りたくなったのだ

上州磯部の空っ風は
駅から寺までの道にも吹いていた
約二十分を歩く
思っていたより山は遠く、冬枯れの田畑の上すかんと澄んだ空色
ここで彼は城を構え
ここで妻と余生をおくった
藤戸には、母の嘆きを知った盛綱建立と伝わる宝篋印塔
また彼は、頼朝が没した後出家もして西念と称した
けれど、それからも戦さはつづけた

若き日の過ちをどれくらい悔いたのか言い伝えはあるが

ほんとうのところは誰もわからない
ただ、この地に立って
己の人生を振り返ったことは確かなこと
私は何度も止まって周囲を見まわしながら
寺に着いて、弱い日射しのなかの墓としばし向きあった
そののち、来た道をもどった
たわたわと
風の声が
また聞こえた

雨の高松城跡

天正十年（一五八二年）六月四日秀吉の水攻めで墜ちた城
――今日中に和を結べば領土はとらぬ。将兵五千の命は助ける。
秀吉の条件を承諾し、城主清水宗治は舟上にて自刃
その二日前、信長は京都本能寺で明智光秀に殺された
報を懐に、京から駆けとおして備中に入った光秀の使者を捕らえた秀吉が、
　講和を急ぎ切腹を強いたものだ
秀吉はその日のうちに発ち
世に言う中国大返し
歴史に「もし」はありえないのだが

もしあのとき使者藤田伝八郎《でんぱちろう》が秀吉の陣を上手く潜り抜けていたなら……、
　天下は……

平成の高松城跡は
青田より約一メートル高いだけの公園
数本の松に囲まれて宗治の首塚が座る
そしてこの地より東へ歩いて二、三十分の山裾には
使者の末裔たちが建てた一基の墓

七十代後半の父と
この地を歩いたことがある
そのとき父は言った
——もしお墓を拭いてきれいにするという仕事があるならやってみたい。ボ
　ランティアでもいい。
——自分の係累の墓じゃなくて？

――ああ、どこの誰の墓でもかまわん。
――気味がわるいと言われるよ、やめといて。
私は私の身を守りたかったのだろう、そう答えた

今日
雨は城跡の公園に多くの水溜まりをつくり
まだ足りぬげに降りつづけている
安直な想像力では申し訳ないと頭《かぶり》をふるが
はらってもはらっても雨のなか
水面に漕ぎ寄せてくる舟、舟、舟……
雨は、いつも
時をくぐって来る

――父は
　今どのあたりに居ますか。

「おやすみーっ」

十二月
夜、二十三時三十分
どこの窓に向けての声か
いきなり
屋内のわたしにも届くほど大きな女の子の声
「おやすみーっ」
ふいに
思い出す
芥川龍之介「蜜柑」の中の少女

隧道《トンネル》を出た列車の窓から
これから奉公に出る自分を見送りに来てくれた踏切の向こうの弟たちに蜜柑
　をなげあたえた
暖かな日の色とあるその蜜柑の色と三人の弟たちの小鳥のような声
その場面——

わたしは
目をつむり耳をすます
おやすみを受けたであろう人をさぐる
返す声はなく
シャーシャーと
坂道をゆく車が地を蹴る音のみ

空、冴えて
星も近いことだろう

「おやすみーっ」
わたしには
確かに届いた声

十二月
夜、二十三時三十分

風に乗って

ふと手にしたのは二十六年前の雑誌
編集兼発行人永瀬清子とある女のみの随筆誌
このとき永瀬先生は八十二歳、二歳から暮らした金沢に行き
幼友達、宇都宮静子さんと話したことが書いてある。
――「あんまりきれいやったさかい」と裏庭で採った赤い草ほうづ
　きをいくつか私に下さった。
読みながら、わたしは、一年前永瀬さんの幼時を追って金沢を訪ね
たときを思い出していた。旧居住地のあたりや静子さんの家であっ

た宇都宮書店、通園した私立英和幼稚園があったところ……と、真夏の陽射しの中資料を片手に訪ねて歩いた。

永瀬さんは当時のことを鮮明に記憶しており幼稚園の先生とのやり取りから、

「自分のことをちゃんと云える人になりたい、それが長く詩を書きつづけている私の一番もとの願いだった」

と、書ききっている。

その日から七十五、六年後の幼友達とのひとときだったのだ。

草ほおずきは岡山まで持ってかえられた。

――今も私の部屋に挿してあり、色もそのまま残っている。


わたしが永瀬さんの少女時代を追ったのはおふたりのこの再会から二十五年後。

そうして、今随筆誌を読んでいるのは
また更に一年後のこと。

時間《とき》が風に乗って
行ったり来たりしている。

呼ばれた気がして
ふるんとふり向いた。
覚えのある声のように、思ったが……

＊「女人随筆」第六十号

欅

巨樹と呼ばれる立派な一本もいいが
同じ苗
同じ時期ひとつ所に植えられた街路樹の欅もいい

最初はみんな同じ太さだった
それが
坂の上か、下か
側溝から近いか遠いか
信号の側かどうか（排気ガスを多く浴びるか）

風当たりはどうか、陽当たりはどうか、などで
あからさまに成長が変わっていく
紅葉のときも、違いははっきりでる
いちばん早く皆の目をひく樹
最後まで美しく紅葉できなかった樹
散るのが早すぎ、一本だけ裸で突っ立っていた樹
他にも
いつもいつも犬にオシッコをかけられる樹
車が飛んできて、大きな擦傷をつくってしまった樹
電線にかかるという人間だけの言い分で
半分までに成長を止められてしまった樹

同じ時期ここに来て
同じように懸命に大きくなろうとしているのに
こんなにも差がついてしまった　街路樹の欅たち

それが
五月いっせいに芽吹くのだ
誰が早いか誰が最後かもない
いっせいに、だ
街路樹の欅
いじらしくて、たくましくて

真夜中の風

八月、真夜中
窓辺で詩を読んでいた
救いを求めて詩を読み
救いを求めて窓も開けているのだが
ヒタとも救ってくれるものは現れず
陰鬱な心と澱《よど》んだままの空気のなかにいた
と、
ふいにさーっと風がおきて
わたしをさわやかに撫でてくれた

風のおこりどころを探る
二階で眠る家人が窓を開けたらしい
その窓からこの窓まではまっすぐではないのに
入ってきた空気は迷わずこの窓へ抜けて
風をおこしたのだ

さわやかな風で
うつむく者の顔をあげさせた

白華山円通寺

備中玉島
北前船も入った湊町
越後出雲崎で出家した良寛という僧が
二十二歳から三十四歳まで修行した寺。
私はこの寺が建つ丘から入り江を見おろすのが好き
よく、ひとりで来る。
二百三十余年前良寛も眺めたであろう海
——こんなでしたか?
何も遺す気がなくて
こんなにもひろいこころを遺した、人。

Ⅲ

不安なのか

立つことは
できるのに
ふれている壁から手を離すことも
できるのに
だからもう自分の力だけで
大地に立っているのに
初めての一歩が踏みだせない一歳児
右足をあげた瞬間左足だけで立つことが
こわいのか

それとも
一歩踏みだしたらそれから先の長い長い道を我知らず予感して
不安なのか

一歳児
最初の
一歩

門

無理だと思えた柵を
幼な児はいとも簡単にくぐり抜けた
するり　と
これが幼児さ、と見せつけるように

柵はいつでも
その先に危険があるからそこにあるもの
この幅ならひとはくぐれない
と誰もが思う間を

幼児はくぐり柵の向こうへ出てしまった
そのまま行かせてはアブナイ
なだめすかし引き寄せて
ようやく片腕を掴む
どんなに泣きわめこうとも今この手を離したら
この児は暗い門をくぐってしまう

カミサマ
早く！
この児をわたしの腕にもどして！
この児の思いのなかには単純な希望
それだけしかなくて
あとは何も視えていないのです
早く！　早く！

手遅れになるまえに！

母親が来て
やっと
幼な児はほんとうの希望に出会えた
係員が鉄の扉をひらいた

無理だと思える鉄の柵でも
幼いひとは
いとも簡単にくぐり抜ける
するりっ　と
そうして
暗い門をくぐってしまうひともいる

児

やわらかくてあたたかくてほどよい重みが
なげだしているわたしの下半身を這いのぼってくる
やがてその重みは全身をわたしの両足にのせて
ぺたりと吸いつく　目をとじている

この児が今もとめているものは並のスキンシップではない
気がする
もろもろの情況を思えば
今この児はことばがほしいのだ

いや、ことばはいらない
この重みをそのまま引き受けてやればいい
五十余年も長く生きているわたしが
ささやかにみがいてきた詩心をもってして

幼な児たちはいつも
ちいさなアンテナを頭上にたてている
気づかないおとながじゃけんにそれをはらったり
無視したりすると
無視されたことを児は俊敏に感じて
感じたことを、匿す

やわらかくてあたたかくてほどよい重みが
……

独り言

細い管の先に
底の部分のみ平らな丸い玉
全身スケルトンで
隠しようも隠れようもないスタイル
強引に息を吹き込まれ
突然に口　離される
その度にいちばん奥の底の部分が
ポッと膨らみ
ペンと凹む

その部分がおれの最もデリケートな薄いところだというのに

それを
面白がってやる
何度でもやる
いくら玩具だとて
——やられる方の身になってほしい

宝物

母親が
風呂場で我が子を洗っている
頭は
やわらかく泡だてたシャンプーでゆるくマッサージしながら
首は
そのククリにかくれている汗までのこさぬように
肩や尻のときは
その丸みを楽しむかのようにひとり笑いして
五本の指も一本ずつ確認

洗って揉んで　すっと抜く
洗って揉んですっと抜く
そんな動きのあいだじゅう
母親は我が子に何かと話しかけながら
さいごにざあーっと湯をかけて
トンガラシほどのおちんちんをちょんと払い
すっぽんぽんの我が子を見る顔
あの目つき
あれはまさしく
宝物を見る目　だ

*ククリ　くびれ

うつくしい画

わたしの娘らはいつのまにか母親になり
わたしが自転車に乗せて急いだ小児科への道を
車で飛ばし
わたしが一時間かけて料理した子どもむきのおやつを
電子レンジを使いこなし二十分でつくる
それでも
我が子の成長の節目、節目には同じように悩み
同じように喜び
同じように叱っている

母親の威厳と嬉しさと責任感が
その全身にみなぎっている

わたしの娘らはいつのまにか母親になり
うつくしい画のモデルに
なりたいと励んでいる

二度目の独立

丁度名月の日だったがまだまだ真夏の那覇では、海に沈む太陽もエネルギッシュで、ふたりの孫は、ホテル八階レストランから見る大きな夕焼けにはしゃぎまくっていた。半年ぶりに逢った祖父母とのひと時が嬉しくてたまらないのだ。

長女一家は、三月に夫の転勤でこの地に来た。会社は当地でも忙しく、帰宅は毎日夜中。まだ二年生と幼稚園の子にとって、いつも何の事でも自分たちを守ってくれるのは母さんだけだ。転校の手続き、足りないものの補充、ケガをしたときの病院。三車線の国道を横切る通学路、慣れない暑さと慣れない言葉……。ふたりの不安を一身に受けとめて、ひとつ、またひとつ解決せねばと励んでいるらしい我娘《むすめ》の様子は、それは、わたしがあの娘《こ》の歳には無かったしんどさ。

夕日に赤く照らしだされた那覇港泊桟橋の右手には、外人墓地が見えた。自宅の窓も見つけた。やがて太陽は海に落ちきって、交代のように今度は街の灯がまぶしく瞬く。

食事は、終わった。わたしたちといっしょにこのホテルへ泊まりたいとぐずる孫を、——お正月には帰っておいで、待っているよ。

——と、ホテル前の歩道に出て見送る。母さんに促されて、ふたりはしぶしぶ、振り返り振り返り、車の音が大きい五十八号線沿いのゆるい上り坂を行く。ほどなく、小さくなった三人は、夜の帳が下りた那覇の街で、ふいと歩道橋のうしろに消えた。

そのときわたしは、訳もなくつぶやいていた。

「我娘の、二度目の独立——」

明日の朝早々に

わたしたちは飛び立つ。
見送りはいらないと、伝えてある。

時の風は……

君は明るい四歳
おばあちゃんは
君と母さんの買い物について行くのが好きだ
一昨日《おとつい》は君
出がけに母さんからこんこんと言いわたされていた
「きょうはパンだけ、お菓子は買わないからねっ」
だけど君は
スーパーに着くと迷わずお菓子売り場へ直行
母さんは追いかけて言った

「そこは悩むとこじゃあねえ！」

きょうはお菓子も買ってもらえるって
君はまたまっすぐお菓子売り場へ
母さんとおばあちゃんが野菜や魚を買って
お菓子売り場に着いてみると
君はキャラクター菓子の前で
人生の一大事と言わんばかり真剣な顔
母さんは苦笑いして言った
「ここで正座はやめて、正座は」

時の風が
ほら、にぎやかなスーパーの中でも吹いている
おばあちゃんが母さんで
母さんが君だった頃も

ほん　このあいだ
おばあちゃんは母さんに言ったもんだ
「ふたつはだめよ、ひとつだけ」

時の風は
吹きやまないから
すぐに君を青年の群れへ連れていくだろう
ほら
おばあちゃんには
その風の色まで
もう視えている

絆

わたしは母から生まれた
いつか母と同じ大地へ還っていく
わたしの娘たちもそうするだろう
いつの日か
同じところへ還るだろう

輪ゴムを繋げて作る一本の紐のように
たわんで揺れる
愛

時をぐり抜けて

タイムトラベルが出来るなら
万葉か平安の時代へ行ってみたいと思っていたが
私は
歳を重ねた
六十五歳
今なら
二十歳《はたち》の頃の私のところへ行ってみたい

十月に姉が嫁ぎ十一月に母が逝き

円い五角形だった家族が息をのむ間もなく三角形に
なってしまった
あの秋――
寂しさと不安
小さな失敗と大きな孤独をいつも
尾っぽのように垂らして
両の手に握りしめている、青春、の二文字――

――あの娘《むすめ》に
逢ってみたい

あとがき

詩人の詩の根っこはどの年頃につくられるものなのだろうか。

そんなことを思うのも、最近の自分の詩には、子どものころの毎日がとても大きな影響を与えていると感じるからです。
七、八歳のころ、女の子が集まると名前もわからないままやっていた遊びがありました。手のひらほどの透明なガラス板を用意したら、各自好きな場所に行き、深さ約十センチの穴を掘ります。穴の中に季節の花をかたちよく置いてガラス板のふたをし、上から土をかけて隠して出来上がり。誰かの「できた」の一声で、ひとつずつ順番にみんなで穴を囲みます。持ち主が一本指をゆっくり動かして土をはらうのを見守っていると、あらわれたサザンカやスイセンの花は、まるで宝石の花のように美しくなって透明ガラスの向こうにある、そんな遊びでした。

ほんのひと時でも土の中にいた花々は、ガラス板というフィルターにかけられて宝石になりました。子ども時代という王国での生活も、時の流れをくぐり抜けてかけがえのないものになっていたのではないか。

ここ数年、目が覚めたとき、いつも暗いところにいたような気がするのですが、それなら明るいところ、ひかりのあるところへ出ていこうとするパッションも、あれも、幼年時代のままの感情でした。

思潮社の小田久郎氏、また、お世話になりました遠藤みどりさん、編集部のみなさん、ありがとうございました。心から、お礼申し上げます。

川越文子

川越文子（かわごえ・ふみこ）

日本現代詩人会・日本児童文芸家協会・岡山県詩人協会

詩集

『生まれる』（一九九三年、編集工房ノア）
『ぼくの一歩ふしぎだね』（二〇〇二年、銀の鈴社）
『うつくしい部屋』（二〇〇六年、思潮社）
『もうすぐだからね』（二〇〇八年、銀の鈴社）
『対話のじかん』（二〇〇九年、思潮社）
『魔法のことば』（二〇一二年、銀の鈴社）

児童書

『坂道は風の通り道』（一九九一年、くもん出版）
『モモタとおとぼけゴンベエ』（一九九三年、国土社）
『お母さんの変身宣言』（一九九七年、文研出版）
『ジュウベエと幽霊とおばあちゃん』（二〇〇四年、文研出版）他

現住所

〒七一〇―〇二五一　岡山県倉敷市玉島長尾二九七〇―四

ときが風《かぜ》に乗《の》って

著者
川越文子《かわごえふみこ》
発行者
小田久郎
発行所
株式会社思潮社
〒一六二―〇八四二　東京都新宿区市谷砂土原町三―十五
電話〇三（三二六七）八一五三（営業）・八一四一（編集）
ＦＡＸ〇三（三二六七）八一四二
印刷所
三報社印刷株式会社
製本所
小高製本工業株式会社
発行日
二〇一五年四月二十日